句集

殻いろいろ

松島あきら

文學の森

序文

私と松島あきらさんは上田五千石門の直弟子である。仙台に住む松島さんと交流がしばらく、途絶えたことがあった。それが「月の匣」の創刊を機に再び東京にも足を運んでくれるようになった。月山や鳥海山、そして里山のいたるところに咲く、遅い春の花々はみちのく人を喜ばせてくれる。待ちに待った花が開くように、ゆっくりと一集がここに花を開く。

　　ところ得ずとも草の実のこぼれけり

昭和五十年代の「野火」の野川秋汀先生に師事していたころの一句

のようである。後日「この句で俳句に目が開いた」といっている。松島さんは結婚されて、ご主人の仕事の転勤先について各地を歩いたという。男は仕事一番という時代だったろうか、女性には辛い時代であった。しかし、辛抱強いみちのく人、草のように踏まれても、踏まれても辛抱し、やがては実を成すという天晴な心根である。明るい性格で、決断もきっぱりしているのである。どんな辺境にいようが、その明るさが目に浮かぶようである。

枕頭に積む重ね着の殼いろいろ

昭和六十年に「畦」上田五千石先生に入門。平成四年同人欄の新墾集の巻頭句。この句をもって、平成四年十月号に「新墾集巻頭作家特別作品」として三十句発表。北国の冬は寒い。しかし、家の中は暖かく暮らせるような工夫がされているようであるが、外へ出る時は風邪を引かないように細心の注意が必要であろう。極言すれば、俳句とは「生」と「死」がテーマだと思っている。この句はその「生」を、烈々とではないが穏やかに詠っている。この「穏やかさ」に、反って詠まれた対象が鮮烈に迫っている。それは十二年という俳歴にもあるが、天性の詩質からくるものであろう。人が体に衣を纏うのはお洒落というだけではなく、「生」を守るために「重ね着」をする場合もある。その「重ね着」もまた生活の知恵なのである。

　私はほとんど著者の日常を知らない。私が著者を初めて知ったのは、昭和六十二、三年頃であったか、仙台で開かれる「畦」の全国俳句大会の会場の視察に出かけた時に、迎えにきてくれたメンバーのひとりだった。それ以来、五千石先生と山寺や象潟に、ＮＨＫや俳人協会の講演の旅を共にしたものだ。また東京での「畦」の二百号記念全国俳句大会や、二百五十号記念全国俳句大会などで、数回会っただけであった。しかし、私と著者の絆を強くしたのは、平成九年九月二日に五千石先生が『乖離性大動脈瘤破裂』という病で急逝され、労り合いながら生きてきた仲間であるからだ。そして中原道夫先生の「銀化」立ち上げに原始会員として参加してくれたのだが、数年在籍するうちに、何時か退会して会うこともなくなっていった。それればかりか、今回の句集上木にあたって、「畦」「銀化」の句は外して「月の匣」だけで纏めますといわれた。勿体無いよという私に、きっぱりと〈俳句が面白く思えるようになったのは「月の匣」に入れていただいてからですから〉と、明るくいわれてしまった。考えてみれば、もっともっと早くに句集を出すように、勧めるべきだった。

この句集『殼いろいろ』は、実に多彩なテクニックで纏められていて、どこをどう切り取っても舌を巻くような巧さなのである。ただ巧いというよりは、経験を根底においた燻し銀のような巧さなのである。例えば

旋回し光の鳩となる二月
春鷗山が動きて出港す
みづからを直角に折る雪解水
雪解川火花を散らす急ぎやう

裁ちそばの胸すく裁ち目新樹光
栗の実のつやを拾へば指冷ゆる
鳶にある螺旋階段秋の空
枇杷の花赤子のときはみな福相

などの句から、強い詩性を感じる。一句目「光の鳩となる」、二句目「山が動きて」、三句目「直角に折る」、四句目「火花を散らす」、五句目「胸すく裁ち目」、六句目「つやを拾へば」、七句目「螺旋階段」、八句目「赤子のときは」に見られるように、俳句は中七が決まっている。内容やリズムを整えるため、中七はとても重要だ。その重要で難しい個所を、いとも簡単そうに読者に見せるのは、そう表現できる技量が備わっているからなのである。「光の鳩」という待春の思いが、みちのく人の心を通すと希望に溢れ、読者の手を引いて誘ってくれているようだ。「山が動きて出港す」と座五の「出港す」が付くと、はじめてその「山」は巨船だという事が解る。そう、私は日ごろから詩的表現はイリュージョンに似ているといっているのだが、この句などは正しく詩的イリュージョンといえなくはない。「火花を散らす急ぎやう」も「雪解水」が競い合い、火花を散らして流れを下る様子が見て取れる。このように、どの句をとってもその巧さに舌を巻くのである。

これら巧さは時として意外性という形で現れる。

まぎれなき砲声であり芹であり
まち中が芽ぶきて耳をふさぎたし
接木する指が或る日は狙撃する
永遠に蚊帳の中なる実母散
山百合が俯く実弾射撃音
小春日や色溶け出してゐる金魚

一句目の「砲声」から、一気に「芹」に強引といえる力技は、他に類を見ない。二句目の「まち中が芽ぶきて」と「耳をふさぎたし」の、ここにも強引といえる繋ぎ方が見える。そして三句目「接木」を「する指が」「或る日は狙撃する」指になるという。現在の日本ではありえない光景のように一見見えるが、世界のあちこちでは頷ける光景である。四句目は「実母散」は著者の記憶の中に今も存在しているのだろう。「山百合」と「実弾射撃音」「小春日」と「色」が「溶け出してゐる金魚」の取り合せは、間違って繋いでしまったと思えるほど、意外性に富んでいる。

花散らす雨がどこかの花待つ雨

龍天に新聞紙にも空無限

本殿の広さや文化財的寒さ

このように、取り合せという技法に表現の幅を磨く。「花散らす雨」と「どこかの花待つ雨」の取り合せには頭の回転の良さが見て取れる。「龍天」に登ると「新聞紙」の取り合せは、なんとも力を抜いた句だろうか。しかし、力を抜いただけスケールは大きな句に成った。解り易い句では「本殿の広さや」と「文化財的寒さ」の取り合せだが、その「文化財的」に「寒さ」に、著者ならではの詩の基点を読み取ることが出来る。

人よりも夏蝶に会ふ田麦俣
最上川涸れて瀬波の白まさる
切株のやうな埋み火毛越寺
束稲山やかすれて雪の大文字

みちのくの固有名詞を読み込んだ句「田麦俣」「最上川」奥州藤原氏の「毛越寺」「束稲山」にしても、ただの写生に終わっていない。ここには目を見ひらいて眼前の「もの」のありようを写生すれば、情は「もの」を潜って自然に滲み出てくる、先師五千石先生より学んで来た証が今ここに結実した。

秋元不死男、五千石と系譜を辿ればオノマトペも無視はできない。

黒犬がふさふさと過ぐ蕗の薹
夕月のまるまるまるる春隣
よれよれを母に詫びたし花青木
寝返ればことと鳴る骨夜の秋
たぽたぽと潮の満ちくる秋暑かな

「ふさふさと過ぐ」「まるまるまるる」「よれよれ」「たぽたぽ」と効果をあげている。比喩も又俳句的表現法の独特の技術だが、

溶けさうに月山泛ぶ雪解風
春の雪けむりのやうに来て暗転
夏炎ゆる微笑土偶の宗左近
戸をたたき旧知のごとし虎落笛

「溶けさうに月山泛ぶ」はみちのく人の眼が効いている。「春の雪けむりのやうに来て」はみちのくの春の喜びと不安定な天候があらわさ

れている。「微笑土偶の宗左近」は宗先生の何時もにこやかな御尊顔を、「微笑」といい止めた。「虎落笛」を「旧知のごとし」とは、東京住まいではけしていえない。

夕焼が青ざめてゐるやませ寒
龍天に長蛇の列の尾に尾に尾
鵜の目鷹の目そして福寿草の芽
夏草の乱常ならず常ならず

擬人化の「夕焼が青ざめてゐる」口誦性の「長蛇の列の尾に尾に尾」「鵜の目鷹の目そして福寿草の芽」「常ならず常ならず」など、一集にこれでもかというくらいの技術を披瀝して見せたが、けしてパフォーマンスだけではない、写生句は腰を据えて自然と対峙している。

牧場の桜並木が開拓史
雪よりも黒土眩し雪間草

大瑠璃の呼応湖さざなみす
山百合の多すぎて山汚しけり
青胡桃舟舫ひおく通ひ農
道標の腕の四方へ鳥渡る
昼の虫藪も畑も島のうち

これらの写生句にも、見事に内容的なキレがあり、対象をまっすぐ見つめる俳句への姿勢。「牧場」「雪間草」「湖」「山百合」「通ひ農」「道標」「島」等、山・花・水そして土のいずれも、みちのく人の生きる喜びと哀しさが、美事に詠いあげられている。相対的にみると圧倒的に春の句が多い、それは春を待つ心が著者の五感を駆り立てているからなのだろう。真摯な作家である。

本集で忘れてはいけないのは、平成二十三年三月十一日に起きた、東北地方太平洋沖地震の被災者であることだ。地震後の悲惨な様子はご本人から聞き及んでいるが、私達には計り知れない。句を記すのみにてご冥福を祈りたい。

へどろをも積荷としたる春寒き
瓦礫化して蝶となりたる秋の昼
赤まんま五百余日が生のまま
色変へぬ松や憤死をする松や
露けしや万里の堤防営々と
いかにせむ3・11の隙間風
冬草の阿修羅となりて風の中

さて、いよいよ紙幅が尽きてしまったが、震災の句は私の鑑賞を待つまでもない。

本集の「春」にこんな句がある。

すみれ咲く八十余歳のこころざし

これは「月の匣」に創刊同人として参加したころの、〈俳句が面白くなった〉時の句だろう。今はあれから五年経ち、卒寿を迎える。女性俳人として珍しく俳諧滑稽の趣を忘れない、俳句の深さを持ち合わせた著者だけに、いよいよ俳自在の道を歩まれてゆくことを祈念する。

水内慶太

平成二十六年師走

句集　殻いろいろ／目次

序文　水内慶太　1

春　21

夏　79

秋　119

冬　153

あとがき　204

装丁　三宅政吉

句集　殻いろいろ

ところ得ずとも草の実のこぼれけり

枕頭に積む重ね着の殻いろいろ

春

旋回し光の鳩となる二月

ひとごゑは日差しをふやす磯遊び

山笑ふ松の切株泣きたかろ

とぽとぽと水音ねむし座禅草

山なみは地球の重石春疾風
木もわれも影横たへてあたたかし

枷を断つべくふらここを漕ぎし日や

白銀の蔵王《ざわう》山低き日さくら餅

電光文字春大雪を告げて消ゆ

春愁のつもりて止まる砂時計

ぽつねんと三脚鬱金桜かな

木の根明きとも雪の眼窩とも

千年のまだ若き色山桜
耕してみちのく人《びと》の実見ゆる

玉蒟蒻煮つまつてゐる山桜

関跡を花もて埋む勿来かな

もの思ふひまもペンペン草は実に
冬構解くや大寺また痩せて

いつまでの波の揺籃落椿
女より美しき喉花冷ゆる

流木の遠ざかる間も春の雨

遠足の列を吐き出す龍頭船

電車過ぐぽつりと春の枯野人

山寺の釘付の戸や雪間草

囀りや現金振込ピコピコピコ

母より老い今年のまんさく遅きかな

春一番まだ見ぬ子供を待つ木馬

間道にこぼれて藤や木もれ日や

春燈を慕うて影の集まり来

まぎれなき砲声であり芹であり

まち中が芽ぶきて耳をふさぎたし
接木する指が或る日は狙撃する

雨の予報当たる夕べやあたたかし

春霞月山とろりと横たはる

空見えぬことが安けし藪椿
島の星町にも下さい春の夜半

黒犬がふさふさと過ぐ蕗の薹

老木の幹すべすべと藪椿

蕗の薹声変りしてゐる鴉

春鷗山が動きて出港す

崩落の宇陀の埴土すみれ草
いつか還る埴なつかしや宇陀暮春

埴色の仏に跪座す宇陀暮春

蛇穴を出づ女人高野とも知らず

南無三宝地面の椿おびただし
念じてはひとの名を呼ぶご開帳

牡丹寺堂をせばめてゐる閻王

春深し宇陀の桃源いづくにか

山深き宇陀や仏と芝桜

棒立ちは拒絶のかたち春の鹿

みちのくにはまぶしき言葉春一番

傷はもう届かぬ高さ東風の梢

遅き春海が荒るれば空荒るる
せつせつと人呼ぶ能管春の雪

板谷楓咲くよ木綿の手ざはりに
何もなき空を見上ぐる春日和

賽銭が散らばつてゐる雪間草

花散らす雨がどこかの花待つ雨

白木蓮風の矢印混み合へる

芽吹山声ほうほうと山わらし

牧場の桜並木が開拓史

摘んでは捨つる心変りや蕗の薹

みづからを直角に折る雪解水

俳句おそろし鏡おそろし遠蛙

封筒も雛の塵もふつと吹く

畦衆のみな少し老いあたたかし

料峭の白きトルソのごと欅

雪よりも黒土眩し雪間草

月面も雪代も行くキャタピラ車

春汀やきつとどこかにある奈落

冴返る星や灯や島泊り

触れ合うて音あたたかし枯れしもの

鳥帰る北斗は低くうるみたり

春蘭や風化止まざる岨の道

ごとと開く窓暮春の峡展ぐ

倒木の木霊鎮めの雪解靄

残雪を行く足跡に足重ね
越の山青きまで晴れ木の芽風

耀る魚に二月の風の吹き抜ける

二の声ははろけし雨の夜の帰雁

前触れもなき憂鬱や啄木忌

鶯や小さき丹塗りの納経堂

振り返るうしろ消えけり柳絮舞ふ

啓蟄や空に混み合ふ坊主山

龍天に新聞紙にも空無限

春疾風シャツの背中の髑髏かな

黄梅の咲いて光の垣根かな

溶けさうに月山泛ぶ雪解風

あたたかく濡れてをるなり仏足石

すみれ咲く八十余歳のこころざし

春風を待たせ貼紙読みにけり

鉄塔もだんだん芽吹く雑木山

決めごとを白紙に返す春大雪

春山の谺や子供消えやすく

龍天に松の傷口生臭し

七転び八起きみちのく冴返る

世の塵をまだ寄せつけぬ雪解川

春の雪けむりのやうに来て暗転

幹伝ふ雪解水なら泉下まで

鳩と化す鷹や見ぬふりてふ礼儀

みちのくのこれも飛梅いまさかり

撫牛の傷には触れず春北風

雪解川火花を散らす急ぎやう

よれよれを母に詫びたし花青木

剪定や遠山並を後楯

御衣黄桜名札束縛してをりぬ

チューリップ燃えたつ護憲宣伝車

龍天に長蛇の列の尾に尾に尾

へどろをも積荷としたる春寒き

夏

鯉幟海まだ遠き最上川

栗の花端山は白く老いにけり

いろは沼あさき夢見し夏の色

嵌めこんだやうなしろがね夏の月

榧の香や風の涼しき阿弥陀堂

ずいと身を乗り出してくる茂る山

みんみんが地球自転を加勢する

初夏や一気に伸びる草の艶

大瑠璃の呼応湖さざなみす
玫瑰のほどけたるとき匂ひたつ

若者が湧き出て昼のまち薄暑
七月の遊びざかりの若木かな

地ぼてりの色の満月昇りそむ

一木もあらぬ地獄絵蟬時雨

古池がこんなところに晩夏光

笠掛くる詩人の位牌花茨

蛇苺古井の蓋をとれば蓋

獅子文六の鬣を吹く南風

田蛙の声のさかりを訪ひにけり

鯉幟涙どこより生まれくる

梅雨に入る無季の南瓜を甘く煮る

人間が住みにくければ蛇もまた

ムスリムの小声や薔薇の花が散る

万緑の中の詳細語られず

はつ夏の夜気あをあをと身を過ぐる
引き返す蜜柑の花の香りかな

裁ちそばの胸すく裁ち目新樹光

坂ひとつ上りてみても青田かな

生胡瓜齧るにひとりよりふたり
ふくいくと夜の色して一八は

白皙の鼻梁のままに梅雨仏

前生の縁疑はず立葵

今生のいまわれここに山開

焼印の香の新しき登山杖

永遠に蚊帳の中なる実母散

父と子の声はしりとり片かげり

アイスクリーム妣にも買はん白昼夢

夏炎ゆる微笑土偶の宗左近

鉄漿《おはぐろ》蜻蛉の喪章置かるる草の上

生きつて仆るるものに虹まどか

日本海暮れて夕焼燠のごと
一見に如かず涼しきくされだま

炎昼のふとしどけなきあさぎまだら
身の長さベンチに合ひし昼寝かな

木乃伊寺出て万緑に翳もなし

葉桜や滾ちあふ水引き込んで

明星の夏めく宵の村歌舞伎

膝詰めて村人とゐる若葉冷

藍色の五月の夜空ものの息

手あたりの熔岩を重石に登山地図

島影の万緑となり接岸す

六月や衣ずれかとも樺の風

かの世にも人やくらしや余花の空

山百合の多すぎて山汚しけり

つつましきくらしや毛氈苔の花

花棟不器男はいつも二十歳

黒蟻の身ぶり手ぶりに叫ぶらし

夕焼が青ざめてゐるやませ寒

風少し喪服に通す梅雨晴間

夏草の乱常ならず常ならず

占ひに従ふつもり捩れ花

はじめから隣家が遠し立葵

人は笑みを端山は百合を咲かせけり

山百合が俯く実弾射撃音

人よりも夏蝶に会ふ田麦俣

芭蕉林へ駆け込んでみる俄雨

閉門に残る谷中の梅雨夕焼

諷経や石のくぼみの梅雨の澄み

細胞再生六月の森の香

寝返ればことと鳴る骨夜の秋

ゐないのにせみあなといふまくらやみ
皮剝の口が呟く明日のこと

六月の夜を若き手は詩集持つ

踏石の歩巾に合はぬ夕薄暑

青胡桃舟舫ひおく通ひ農

いきいきと廃墟のにほひルピナスは

秋

あいさつの声に色増す水引草
九は十につなげば仕舞露けしや

珈琲はカップにまろし雨月かな

秋風裡こころの凸凹均らさるる

道標の腕の四方へ鳥渡る

望郷の爆発背高泡立草

雁行や明日は見えぬ日和山

深入りをしたるあかしの草じらみ

くろがねの貨車をおそれず葛の蔓

天上の誰のメモ紙白木槿

すでに一カラットはある小楢の実

梨食べてこころの翳をうすめけり

蜩の声の染みたる梵字川

草の実や仲もどりたる姉弟

姨捨の水こそよけれ釣舟草

姥捨の月や夜更けのわが寝顔

無月かな善光寺平灯の清ら
失せものの記憶をたぐる無月かな

口開けばもう閉ぢられず柘榴の実

秋暮れて野のちろちろ火誰やらむ

栗の実のつやを拾へば指冷ゆる
多羅葉の書き捨ての文字誰が秋ぞ

秋水の頬笑むごとし眼鏡橋

水平線秋の黄蝶の潔し

あかあかと柿野垂れ死ぬ山日和

山国の星の清夜をいなびかり

龍淵に家並の中のジム灯る

ひたに立つ蝮草の実殉死の碑

手のひらに自尊の堅さけんぽなし
まちに霧うすももいろに明くる朝

遮光器土偶うす目をあさぎまだら蝶

うら枯れの葛とて引けば大ごとに

新涼の月山低く見ゆる日よ

大魚らし空いつぱいの鱗雲

百年の水路脈々赤のまま
稲穂波先人生きてゐる水路

去年よりも干上る池塘鬼やんま
たましひの寝そべる花野茂吉歌碑

背骨曲がる泥鰌も飼はれ月光裡

黙深き晩翠草堂銀木犀

雁渡し艱難辛苦を碑に

奪衣婆は億年も婆　新松子

秋時雨貧しきころの箱燐寸

草紅葉踏み来て猫や毛を舐る

ゑのころ草折りて啣へて無職なり

秋光へ小石蹴り出し歩み初む

摑まつて風を楽しんでゐる蜻蛉

白猫の翳りて行けり秋日和

昼の虫藪も畑も島のうち

人を絶つ島や鷗と小浜菊

峡も奥窯の人肌身に入むる

山畑が山にぞ返る草紅葉

君が代がしみこむ秋気しむやうに
押し合へるななかまどの実落ちにけり

たぽたぽと潮の満ちくる秋暑かな

鳶にある螺旋階段秋の空

鳶の笛秋の一日はじまれり
秋陰の夕べを区切り点燈す

城あとのどこも坂道昼の虫

実玫瑰地盤沈下の水たまり

瓦礫化して蝶となりたる秋の昼

赤まんま五百余日が生のまま

色変へぬ松や憤死をする松や

露けしや万里の堤防営々と

冬

冬深し頬杖とけば影動く

枯るるてふこと土さへも遠筑波

最上川涸れて瀬波の白まさる

戸をたたき旧知のごとし虎落笛

ポインセチアどこ歩きても向ひ風

身も蓋もなく戸障子を開放す

小春日の雲数珠つなぎ沖へ沖へ

千羽鶴一羽落ちたる床の冷

数へ日の乾ききつたる魚市場

鬼火とて来よ湖畔の灯に足せよ

冬欅千手をのべて無一物

冬凪や赤きバンダナ更紗柄

石姥を打つな木の葉の礫もて

立冬の飛びたき看板に重石

農道のいつか山沿ひ雪しぐれ

これがまあ蒟蒻玉か泥一塊

万感のおもひや雪の横なぐり

オリオンを柩の蓋に今宵われ

夜は雪になるか重石のやうな雲

本殿の広さや文化財的寒さ

卑弥呼かもしれぬ恰幅雪婆

考へを止めて浮寝鳥数ふ

その中の恨といふ文字冱つるかな

うしろから雪が来さうな峠越

目の前の一樹を残す暮雪かな

山眠る木ぼこ人形また生まれ

捻ぢ折れの松の生色去年今年

どっこい生きてロゼット寒に入る

五千石門下の端に着ぶくれて
大つごもり夕日を鳶に残しつつ

枇杷の花赤子のときはみな福相

淑気かな白絹まとふ雁戸山《がんどさん》の峻

風花やここの撫牛美牛とよ

雪は等しく化石木も流木も

どうでもいい電波充満底冷えす
米櫟あびて鴨らは愛さるる

日脚伸ぶみどりの釦捨てかぬる

諳ずる船頭をかし炬燵舟

石五つ積みたる誰か涸れ磧

落葉道ときに石塊踏みあてて

山眠る柱状節理置き去りに

山泊り窓に張りつく冬北斗

時雨来る古地図のごとき松島湾

亭々たる松病みにけり冬日中

鷹あはれもの食ふときはかくさざる

杉に杉寄りかかりをり山眠る

懐手些事を大事と思ひ込む

雪礫一発食らふ神籤の凶

シベリアの隙間風入る桟敷席
身の内の野生がもどる雪野原

降る雪や思ひ凝るときおそろしき

雪止んで夜が濃くなる街路燈

ひとの世に小春日和といふベール

花八つ手余生と思ふ昭和以後

日向ぼこ何か不足を作らねば
永遠のよそものであり襟立つる

雪だるま消ぬる途中の髑髏

重ね着て圧しつぶさるるこころざし

冬の暮いちだん暗き骨董屋

冬草を摑みそこねし捨て軍手

山眠る奥にも眠る夕茜

子に残す何物もなし冬銀河

枯れはてて蔓一本のいのちかな

光る星応ふる星や冬木立

枯れ果てし地に美しき星賜ふ
空青きことにおどろく標行

冬暁の星より多き航路燈

七種のフリーズ・ドライ買ひにけり

大根畑そして草の戸峠道

小春日や色溶け出してゐる金魚

壁一面にひしめく姓名雪催
雪原の今日は見られてゐる二輛

雪原を噴き出づビールケースの赤

切株のやうな埋み火毛越寺

束稲《たばしね》山やかすれて雪の大文字

結局は本気で拾ふ追儺豆

摺り足の昼となく夜となく龍の玉

梟が石梟に森譲る

隼にも不自由のあり空の青

冬鷗二百三百うねりつつ

冬麗のまま夜に入る星の空

冬菜畑囲ひの外の海光る

お代りも七種粥のお振舞

寒晴や空に一片昼の月

日輪は空の節穴雪の塵

にんげんがまちに片寄る二日かな

お降りの青空よごさぬやうにかな

泊船が見てをる陸は三日かな

落葉道尽きしをしほに引き返す

十一月鳩の重みに小砂利鳴る

空へ飛び小鳥になれぬ楢枯葉

木々の黙庭侵しゆく雪囲ひ

夕月のまるまるるるる春隣

探梅やこんなところに乳母車

鵜の目鷹の目そして福寿草の芽

いかにせむ3・11の隙間風

冬草の阿修羅となりて風の中

あとがき

私の俳句入門は、俳句に魅せられたからではなく、夫の転勤先での友人さがしが目的でした。はじめのころは、投句用に月五句出来ればそれでおしまいで「好きな句」もありませんでした。今思えば俳句を読むことが出来なかったからだと思います。

ある時から「好きな句」がつぎつぎに出てきました。その度に書き写し眺めました。私の場合「好きな句」に出会うと、いつかその句の中に入りこみ滞在してしまっている自分を発見します。また「好きな句」を思い密かに胸をこがしたり。俳句をやっていなかったら、この楽しみはなかったでしょう。

俳句に本気になったのは多分そのころからではなかったかと思っています。またそのころ「月の匣」に入れて頂き、ついの住処もきまったことが本気度を深めたと思っています。

「月の匣」といえば「畦」終刊後何年かたったある日、突然水内先生からお電話があり、いま仙台にいるから都合がついたら出てくるように、とのこと。先生は他の方二、三人とご一緒でしたが、昔の「畦」のひとが、その後どうしているか気がかりなので回って歩いているという意味のことをおっしゃいました。そのころ私の周囲の方々は殆どどこかの結社に落着いておられましたが、私はまだどこにも行けず行かずのひとりぼっちでしたので、水内先生のお言葉がどーんと身にしみました。水内主宰の懐は本当に広くてあたたかいのです。

入門のころ、詠むだけだったころ、そして少しわかってきたようなこのごろ、折々見守って下さった諸先生、先輩、句友に深く深く感謝申し上げます。本当にありがとうございました。

最後に、私の俳句をいつも応援してくれている夫の中夫さん、句集上梓の背中を押して下さった猪野様、ありがとうございました。

平成二十六年十二月

松島あきら

著者略歴

松島あきら（まつしま・あきら）
本名　志田泰子（しだ・やすこ）

大正14年　山形市に生まれる
昭和55年　「野火」入会（後、退会）
昭和60年　「畦」入会
平成４年　俳人協会会員
平成10年　「銀化」入会（後、退会）
平成22年　「月の匣」入会

現 住 所　〒984－0051　仙台市若林区新寺1－6－8－501
電　　話　022－291－7929

句集　殻《から》いろいろ

平成俳人叢書

発　行　平成二十七年三月七日

著　者　松島あきら

発行者　大山基利

発行所　株式会社　文學の森

〒一六九-〇〇七五

東京都新宿区高田馬場二-一-二　田島ビル八階

tel 03-5292-9188　fax 03-5292-9199

e-mail mori@bungak.com

ホームページ http://www.bungak.com

印刷・製本　日本ハイコム株式会社

ISBN978-4-86438-403-2　C0092